아무렇지도 않게, 그렇게

J.H CLASSIC 086

아무렇지도 않게, 그렇게

권순학 시집

지혜

시인의 말

토담집 굴뚝 아래
하얀 당나귀가
생애 최고의 날
오늘을 맞았다.

2022년 봄
권순학

차례

1부

2부

3부

4부

- 일러두기
  페이지의 첫줄이 연과 연 사이의 띄어쓰기 줄에 해당할 경우 > 로 표시합니다.

1부

선곡은 자유이지만

다시, 할 수 있을까?

노래는 끝났다
경연도 끝나간다

긴장의 끝은 땀이 아니라
평이다

아쉬움은 어디나 남는 법

편곡도 자유이지만
다들 너무 각 졌다

장미향이 목소리에 갇혔다
대평원의 눈이 모두 녹았다
초콜릿은 진흙처럼 흘러내렸다

울림이 지나쳤나

울림이 너무 굵었나

＞

노래는 이미 끝났다
경연도 끝났다

눈은 비가 되어 내리고
부른 노래가 시로 흩날리는 순간,

왈칵 울었다

정적만이

흔들리고 있다

전염의 시대
주머니는 하나 식솔은 여럿

열고 닫음 이전에 다가오는 망설임

잿빛 기억력인가
붉은 성가심인가

누구를 위한 모임이련가 넝쿨에 달린 제각각

하나와 둘 사이를 가르는 마술 도구

너지? 너 맞지?
고리에 고리를 무는 의문들
반복되는 요철로 풀릴 궁금증

지문이 사라진 나는
전생에 무슨 죄를 지었기에

손으로 모자라 머리까지 강제징용 되는지

하나하나 제 앞가림은 하지만
허구한 날 모여 딸그락 거리며 치고 박는 모습이란

함께 어울려 노는 것 금기인 시대
주머니는 하나 식솔은 여럿

그럼에도 붉은 성가심은 이내
잿빛 기억으로 건너가고
정적만 걸려 흔들리는 열쇠 고리

멸치 단상

마른 중멸치가 소반 위에서
어린 단팥빵처럼 불룩한 배를 뽐내며
수업 준비 중이다

포효하는 금빛 파도의 화석인 것처럼
번쩍 바스락거리는 진폭과 파장으로
노랗게 웃고 있는 멸치
청중으로
구름 낀 정월 보름달을 모셨다

멸치는 그 대가리로
출렁대는 크고 작은 파도 줄기와
쫓아오는 아가리를 피하는 영법泳法을
몸속 가시 한 줄에
이를 이겨낸 인내와 고통을
뱃속 깊이 한 점 똥에 묻었다

짙은 감칠맛 굳은 식감의 근원
평생 간직한 그 가시와 똥
붉은 계절, 푸른 비바람의 자존심인 양

위대한 수업은 이런 것이라는 듯
해변에 닿은 파도처럼 배를 가른다

등뼈와 똥의 성스러운 공양

차마,

수업 끝나기도 전
통영 어디쯤까지 달아날 수밖에 없는
허기!

환승역

악마의 소리가 들린다
너를 위한 것은 이것뿐이라며 달려오는

창밖엔 별들이 하나 둘 흩날리고
거리엔 뭉쳐진 햇빛이 하얗게 쌓였다
발자국은 점점 더 진해지지만
기다리는 열차는 아직 멀었다

피곤한 설명은 생략하며 빨라지는 발걸음

북적대는 36.5도 대합실 벽엔
붉으락푸르락 대는 전광판이 시야를 열고
스피커 목소리는 점점 더 날카로워지고 있다

부산으로 목포로 10량씩
수서로 20량 무궁화로 6량 시간 맞춰 보내고
익숙한 듯 아무렇지 않은 듯 지우고 쓰지만
고향 내려갔다 다시 올라올 때처럼
그 속,

\>

거리 두기 의자 주변으로
서로 기댄 사투리들이 서성거리며
흘낏, 흘낏 올려다보는 전광판

갑자기 에스컬레이터 계단 접어가며 내려가는 한 무리
몇 명일까, 퍼즐은 모서리부터 맞추는 것인데

점점 더 깊어지는 고압 선로의 욕망

그 사이 열차는 폭설경보를 향해 달리고 있다

방울토마토가 익는 동안

이사 온 창밖에 씨앗을 뿌렸다
봄비 내리는 어느 날
스마트폰 화면에 푸른 싹이 돋았다

방긋거리는 어린 잎
구겨진 화분에 옮겨 심으니
나선형 햇볕이 찾아 왔다

어린 줄기는 막무가내였다
비좁은 거처를 옮겨 주고 수액 놓으니
꽃이 피고 방울이 열렸다

방울이 익는 동안
몇 개의 계절이 재로 변했다
수많은 꽃들이 안녕을 말하고 떠났다

제힘만으로는 버티지 못해
지팡이에 의지한 채 서 있는 굽은 등
꿈도 굽어 있었다
아내는 화분 거처를 두세 번 더 옮겼다

>

토마토가 익는 동안
청개구리들 손은 매서웠고

드러누운 햇빛이 다시 일어서는 어느 날
방울토마토가 석양이 되었을 때
파르르 떠는 손은
다시 올 봄을 약속했다

아무렇지도 않게, 그렇게

갓 나온 시간을 담금질 뜨개질하는 얼굴아
한 모금도 안 되는 것이지만
표정을 지워 그리고 버려,

후회를 지워
아무렇지도 않게 미리,
그리고 새로 그려 표정을

누구나 소원을 빌지
바람 속 나뭇잎처럼 환호할 그 날을

하얀 정오가 자신을 밟고 울고 있는 것처럼
예리한 후회를 버려, 그 뿌리가 무엇이든

떠나는 저 정오도
멈추거나 감추고 싶은 것이 있을 거야 분명
그 시작과 끝에 우리가 있을 것 같지만
아무렇지도 않게, 그렇게

오늘도 혼자 잠 깨어

혼자 밥 먹고 출근하여 혼자 사무실을 지키고 있어
마치 외딴 고시원 구석방 원생처럼

보통 사람들에게 산다는 것은
버티는 거야

갓 나온 시간을 담금질 뜨개질하는 얼굴아
어디선가 치고 있는 회오리
후회부터 할까
기도를 할까 무엇을 할까 생각해 봐

가엾은 기도 외에는 미리 버려
그리고 야만적 후회도

그렇다고 끈 떨어진 슬리퍼나
짝 잃은 신발은 되지 말아

막다른 골목에 닿은 바람처럼
무지갯빛 끈도 놓을 줄 알아

그럼에도 아무렇지도 않게, 그렇게

밤꽃

경부선 영동 어딘가 지날 때면
꽃이 아닌 것 같으면서 꽃의 이름 가진 것이 있다
핀 다기 보다는 벌어진다가 딱이지만
엄연히 피는
꽃이 있다

뿌리의 얼굴이 꽃이라면
스쳐간 낮의 꽃은 밤이리라
밤은 그렇게 철커덩 철커덩 피어가고 있다

튕겨진 직선 혹은 곡선의 시간이 축적된
얼굴에 핀 부스럼처럼 피는 그 꽃
밤의 꽃 아닌
밤꽃이라 한다

흘러간 흘러가는 그리고 흘러갔다 돌아올
잠 못 이루는 여인의 시간인
그러나 흔들리거나 절대 부서지지 않는 침묵 같은 그 꽃
깊은 밤, 거기 어딘가 피어 있다
어두운 하늘을 여는 별처럼

비릿한 이름 톡쏘는 눈빛으로
평행선 아래 침목처럼

장마 전 푸른 유월의 밤은 하고 많은 꽃 중
오지 않을 유혹, 그것을 불렀다
이름만 날리며 가시 팔랑이는 그것을
밤꽃 아니 밤의 꽃이라 부르며

서로가 서로를 그리워하는 어느 밤처럼
바퀴는 잠 못 이루는 철로를 핥으며
그러니까 슬쩍 다가올 가을을 다져가며
종점 향해 밤꽃 천리 달리고 있다

눈물

눈물이 난다
악마의 꼬리를 밟았나,
누군가 돌을 던졌나
자꾸 눈물이 난다

바다물이 물이되 그냥 물이 아닌 것처럼
그냥 물이 아닌 눈물엔
흔들린 시공이 있다

머릿속이 하얗고 가슴이 미어져
숨이 턱턱 막혀오를 때 솟는 그것
흐르는 눈물에서 일그러진 파도 속
선과 악의 얼굴을 본다

멍한 사이, 저녁이 왔다
다시 눈물이 난다

떠난 자와 남은 자의 눈물을 보면
둘 사이 간극을 알 수 있다
짜면 짤수록

그간 쥐어짠 고통의 깊이를 알 수 있는 것처럼
사랑의 넓이도 알 수 있다

살면서 너무 울지 않아도 병이고
지나쳐도 병이다
눈물은 가끔씩 흘려주어야 한다

아무 때 어디서라도 자신을 위해 울어라
마르고 닳도록 흘려 강물을 이루게 하고
바다로 향하게 하라

강물이 물이되 그냥 물이 아닌 것처럼
바다물이 그냥 강물이 아닌 것처럼
눈물을 눈물답게 하라

나만의 이야기

기억의 소실점
지하 터널 속 고속열차의 마음으로 달려야 할
그러니까 밤
그것도 철커덩 철커덩 금속성 냄새피우며 떨어지는 꽃
즉 꿈 이야기다

피다 지는 꽃의 몸처럼
누구에게나 힘든 시절이 있다
누구는 힘들 때 군대 꿈을 꾼다는데
긴 가방 끈 때문인지
시험 보는 꿈을 자주 꾼다
지문이 긴 문제 다 읽기도 전
시뻘건 가재미눈으로 독촉하는 메기 감독관

처방약 몇 알이 뿌리에 닿지 않았나
꽃이 피기도 전 서리부터 내리는 밤

준비되지 않은 이 시험으로
오늘 밤은 존재를 잃었다

>
이렇게 부서진 밤의 조각
아침이면 원래대로 맞춰질 수 있을까

프로이드가 온다면
당신은 쫓기고 있고 불행히도 영원히라고 말할까

여하튼 답란은 비어 있고
허둥대는 눈알과 메기 감독관의 대치는 이어지지만
시험은 여전히 진행 중이다

달은 잠들어 있고 알람은 꺼져 있는 지금
막 새벽 네시를 지나고 있다,
그럼에도 불구하고

울음이 사라졌다

새가 보이지 않는다
울음이 사라졌다
참새도 비둘기도 까치 까마귀까지
모두 사라졌다

이제 아침은 자명종 몫이고
새 울음소리는 추억이 되었다

도시는 나무를 버렸다
나뭇잎과 가지 사이사이를 차지한
새를 버렸다
울음을 버렸다

들어선 것은
밤새 꺼지지 않는 붉은 태양들

새에겐 허용된 공간이 허공뿐
그곳을 찾아 새들은 떠났다

울음도 떠났다

가끔씩 화석 같은 메아리만 들린다

긴급회의가 이루어졌다
동물원에 새를 모시고 오고
박물관에 박제를 모셔 두었다
그리고 검은 스피커도 숨겨 두었다

사리진 새들은 그리고 울음은
다시 돌아올 수 있을까

신문과 방송은 난리 법석이지만
떠난 새는 깜깜 무소식이다

빈 칸에는
정중동 로또 당첨번호만 남아 있다

걷는 바퀴

걷습니다
낡은 바퀴지만
구르지 않고 성큼성큼 걷습니다

남들처럼 한쪽으로 조금 기운
굽은 바큇살에 의지하는 것은
습관이나 변명이랄까요

기억의 빅뱅이 일어나기 전
점으로 된 기억부터 살펴보아도
걷는 것만 있으니 유전일지도 모르죠

워낙 남과 다르니
불편을 물어오는 이 많지만
정작 불편한 편은 묻는 이 같습니다
구르며 세상 온갖 굴곡
그대로 다 받아들여야만 하는 그 일
말해 무엇하겠습니까
천형이 아니라 직업이라면
더욱 더 애처로운 일

\>

구르기만 하다보면 어지럽기도 하고
그냥 스쳐 보내는 것 너무 많지 않나요

잠시만이라도 슬슬 걸어 보면
걷는 만큼 생긴 여유로
곁눈질도 가능하지요
구를 때 스릴은 잔잔한 고요
그러니까 평화로 바뀝니다
살다보면 징검다리 같은 생각도 필요한데
물론 그것 또한 가능하지요

당장 아니더라도 옷깃을 풀고
함께 슬슬 걸어보시겠어요, 바퀴님
감사기도 드리며

저, 울어도 되나요

툇마루 아래 의자가
개와 말을 나누고 있다
늘 그리 해온 것처럼 햇살을 버무리며
시간을 만지작거리고 있다
굽은 허리로 시선 곧추 세우고 있다

달력 한 장 넘기다 살며시 웃고 있는 그를 넘긴다
종이 한 장 무게
그를 넘기며 알았다

이제 그는 가고 나는 평소처럼 웃을지도 모른다

줄넘기처럼 훌쩍훌쩍 넘는 시간
굵은 동그라미 속 그는
어디서 늘어진 햇살을 버무리고 있을까

네모 그리다 그린 추억들
세모처럼 쌓이고만 말 것인가

나는 잊지 않기 위하여

그는 잊기 위하여
서로를 기억한다

거꾸로 넘기다가 그대를 보았다
그때를 보았다
다시 올 수 없는 그러나 여전한 그대를 보았다
그리고 꼬리 흔들고 컹컹 짖어대는 개에게 그대를 물었다

그리운 계절에

동거의 시대, 홀로

속이 보이지 않는다

깊은 숨을 쉬고 싶다

낚싯대 멀리 찌를 바라보고 있다

솟구치는 자명종
가위로 시간을 오린다
세 마디 네 마디 다섯 마디와 나머지
드러나는 세모 네모 그리고 동그라미 기억들

끼고만 살고 버리지는 못하는 키보드
그 앞에만 앉으면
전원 플러그 펄펄 끓고 화면이 넘쳐흐른다
이십구 인치 세상 여행하며
조합과 해체를 즐기는 그에게는 카멜레온 표정 뿐
붉은 심장이 보이지 않는다

한때 그에게 운명을 맡긴 적 있다
헤드폰이 처방한 고독한 사방

동공이 점점 더 크게 열릴 때마다
숨이 가팔라지고 목은 타들어 온다
나머지는 온전히 시간과 컵라면 국물 그리고 스낵 몫

준비된 시작이지만
끝은 여전히 싱겁다

낮과 밤 그리고 낮의 희미한 경계 속
슬며시 시린 빛을 뿌려대는
먼지 날리는 창백한 형광등
누구를 찾고 있을까

낙엽이 하나 둘 기억처럼 흩어질 때마다
키보드 앞을 서성이는 그림자들

볕을 부르거나 빛을 따르는 그늘 그 끝자락
나무가 홀로 자라고 있다

수족

글쎄, 뭐라 할까

세상 풍파에
아직 붙어 있는 것만도 용하고

활처럼 굽었다 다시 펴는
그 용기 또한 대단하다

비록 아닐지라도 밀고 당기는
애증이 가련한 너

하나 둘 아닌 다섯 열씩 거느린
그 품이 위대하다

그리고, 다 고맙다

해

해는,
오는 길과 가는 길이
날마다 다르다

온종일 어디를 싸다니다 온 걸까

소리 없이 웃기만 하는
달과 별

2부

저기 저 빈집

그림을 그리고
작곡을 하며
시를 쓴다

그림에 보이는
저기 저 비어 있는 허공

찬바람 날고 얇은 그림자 내려앉는
플라타너스 머릿속이 복잡하다

여름엔 초록 울음으로
가을엔 붉은 기다림으로 북적대던 그곳
이젠 하얀 고요 차지다

찾아온 손님 흔쾌히 맞아 내준 그곳
빨간 실금 하나 깃털 둘 쌓아
빛과 바람 통로 내고
대문인지 창문인지 내어 열어둔 저 집

꽃 피는 봄 내내 온기 품어 두던 그 집

언젠가 다시 허공으로 돌아갈 줄 알았을까

재잘대는 소리 집안 가득 찰 때까지
펄럭이는 그림자 부러진 햇살로 연명하던 식구들

울음소리에 날개 돋자
날기부터 연습했을 몇 줌 허공들

웃음도 울음도 잃어
다시 넓어 고요한 저기 저 빈집

아내의 청소

오래된 집
바닥부터 천장까지 구석구석
언젠가 던져진 말과 감정이 쌓여 있다
가장 어두운 시간의
냉기가 붙어 있다

방울방울 글씨조차 버거운 아내,

그럼에도 무엇이 되려고
이리 쓸고 닦는가
누구를 위해
고단히 비워 쌓는가

쓸쓸함마저 쓸어 담으려
남은 온기마저 지우려
몸부림치나

바람 신공으로
아픔과 두려움마저 쓸어버리나

\>

섬과 섬 사이 오가는 파도처럼
부서져 하얗게 돌아올 몸으로
누구를 기다리며
바닥부터 천장까지 이리 쓸고 닦는가

서로 다른 순서 무게 부피의 내면까지 경영하면서도
용기만으로
무엇을 하고 무엇이 되려고
언젠가 던져진 말부터 감정까지
이리 쓸고 닦는가

꽃

잊을만하면 피는 것이 꽃이다

한 송이 꽃은 한 덩이 슬픔,

한 덩이 슬픔은 하나의 블랙홀,

하나의 블랙홀은 하나의 꽃씨

슬픔이 무엇인지 알려거든
가깝고도 먼 꽃밭으로 가면 된다

어둠이나 그림자 내려앉은 그곳
일부러 찾아가 얼굴 도장부터 찍으면 된다

만나는 무슨 꽃이든
만지거나 꺾지는 마라

흘러나오고 퍼져나가는 향기
꽃이 슬픔이기 때문인 것처럼
빨주노초파남보로 활활 타다

한 겹 두 겹 또는 송이송이 지는 것 역시
슬픔이 꽃이기 때문이다

피지 못한 슬픔이 꽃씨다

언젠가 뿌려질 씨앗
그러다 돌아올 눈물이다

내 슬픔이
네가 뿌린 꽃씨에서 오고 가는 것처럼

봄비 내리는 가을날

우주 어디선가 날아온 밤은
밤의 혀가 핥은 구름은
가을 한가운데 칼을 꽂듯 폭우를 쏟고
새 아침을 열었다

모든 선은 곧고 투명했다

봄과 가을 사이엔
기울어진 면이 놓여 있다
오르면 오를수록 미끄러지는 경사면 따라
흰 등짝 아래 고인 땀으로 키운
빙하 밑장 속 고요로 싹 틔운
붉은 노동과 하얀 수양의 계절이 오곤 한다

블랙홀을 막 빠져 나왔을 법한 봄비
그 가을밤 홀로
왼 어깨에 새겨진 통증을 꺼내며
활짝 피고 있다
가설도 검정도 할 수 없는 흔적 남기며
꿈처럼 흘러가고 있다

\>

사건이라면 무지갯빛 사건이지만
다방 성냥개비를 만지작거리는 누구나
이유 없이 연애의 미로에 빠져드는 것처럼
어떤 의문도 보이지 않는다

단지 거울에 담을 수 없는 표정으로
때맞춘 먹구름이 그린
저울에 올릴 수 없는 가을날 봄비

누굴 닮았다

그냥, 마냥

뜨거운 태양 하나를 놓았다
노을 한 컵에 허공 반잔의 사유
바퀴는 구르고 구른다

터널 여섯 엮어 만든 잔도를 달릴수록
얇아지는 밤의 껍질

흔들리는 하루
길을 잃었다

늪 속을 달리는 이륜차와 무인단속 카메라

꼭꼭 숨은 정류장
그냥? 마냥! 택시 아니고 버스를 기다린다
100번을 기다린다
아니 너일 때까지 기다린다

너를 품는 동안
너는 몇 번이나 왔다 그냥 갔을까

\>

텅 빈 딩동에 어긋나는 너와 나

모텔이 파랗게 웃는다
택시가 실실 거린다
그러나 과거는 한숨에 묻어 두기로 한다

안녕하세요? 안녕하신지요? 신호등의 눈인사
좌회전은 당면 과제지만
푸른 신호는 명왕성보다 멀다

횡단보도 건너는 그림자
이 밤 이야기를 펼쳐 놓은 것 같다

무엇을 기다리고 누구를 태울 지는 정류장 몫
아직 까마득한 미래

그냥, 마냥 너를 기다리고 있다

그림일기

오늘을 포 뜬다
두께는 날마다 다르다

크고 작은 포에 크레파스 발라
기쁨을 모사하고 슬픔을 묘사한다
슬픔을 모사하고 기쁨을 묘사한다
사랑으로 반복한다
주머니나 가방 속 혹은 머릿속
긴 꿈부터 오전까지

구멍 난 양말이나 떨어져나간 단추 자리 균열은
새로 그려진 주름 속 물살은
풀지 못한 부등식의 여운은
검은 지우개로 하얗게 지우며
나부터 그들까지 퍼부은 말과 갈겨 쓴 글
입술과 손가락으로 묘사하고 모사한다

결코 쑥쑥 자라지 않는 끼니 때
허기는 눈치를 묘사하고 모사한다
하얀 정오는 기별도 없이 지나고

펼쳐지는 빛과 그림자처럼 흩어지는 중력
가면으로 모사하고 묘사한다

떨어지는 눈까풀 사이
흔들리는 노을
다시 모인 푸른 별들
붉은 사랑으로 묘사하고 모사한다
하나 둘 사라지는 창문이 말끔히 정돈될 즈음
기도로 묘사하고 모사한 오늘을 덮는다

점심이 점심點心인 이유

점심이 점심點心인 이유가 궁금하다
두께 잃은 뒷모습으로
뒤섞인 모서리를 헤아려본다
이쪽 하나 둘 셋 빼고
다시 저쪽 하나 둘 셋 넷 빼고
다시…
이렇게 절박한 모서리의 합
삼각형 사각형 다각형 그리고 원을 빼고 나니
소외된 벼랑만 남았다
어쩔 수 없이 예리해지고 창백해진 그것들
절박하기에 서로 뭉친 다발보다
소외된 모서리가 궁금하고
외진 밖이 더 궁금하다
까마득한 변두리 어디 홀로 떠 있을
무거운 한 점이 더 궁금하다
고독은 그들에게서 온다
진리는 그들을 지나야 올 수 있다
빛 또한 마찬가지다
안에 누가 있다면
그의 생각은 삼각형일 것이고

사각형은 맺힌 가슴일 것이다

일그러진 다각형은 그의 일상일 것이고

네가 밟은 원

그러나 너를 끌어안고 끓는 정오

그것이 점심이 점심點心인 이유다

뒷모습으로

시작과 끝이 있고
앞과 뒤가 있는

각진 잠옷
구겨진 양말
아침을 열지 못하는
수평과 수직의 뒤틀린 만남

이번 시작은 잠에서 깨는 순간
즉 휘어진 시공의 배설물

점과 약속
선과 눈빛
면과 그림자
입체와 청바지
시간과 추억
그 뒷모습으로 보는 만남의 실체
똬리 틀고 있지만
불확실한 존재

저장하기가 눌러지면
현실에서 사라지는 만남

불러오기는
기대를 깨는 추억

새 문서를 작성해
다른 이름으로 저장해도
똑같을까 하는
맹랑한 의심

만남의 뒷모습은 홀로
PDF로 저장되어
가슴과 뇌에 공유되고

잊혀진
문서 닫기

슬픔

슬픔은 네가 떠날 때 그려둔
무채색 모난 풍경

검정 속 빨강이 묻어둔
투명 눈물의 씨앗

때로는 바람에 일렁이는 허공
향기 없는 꽃

작지만 큰 그릇
울컥울컥 쏟아지는 영혼

가을장마를 베고
모로 누워 밤을 지샌다

부슬부슬 부서지는 가을
귀뚜라미가 전하는 전율

쓰라린 속 달래는
슬픈 비닐봉지들

\>

그럼에도
거기 너
여기 나 사이
구름은
적막은
걷히지 않고

눈을 감게 하는

무거움에 대하여

그렇거나 말거나
깨진 그릇이 혼돈이라면
빠지거나 잘못 박힌 못이나 나사 같은
잘못된 기호는 혼돈을 만든다

혼돈이 이어질 때마다
영혼의 무게를 느낀다

혼돈과 흐트러진 질서의 무게 관계
즉,
잘못된 기호의 무게와 크기
마침표 . 의 무게
쉼표 , 물음표 ? 느낌표 ! 크기를
영혼으로 재보고 싶다

의문은 의문을 낳고
커진 혼돈만큼 진통제가 필요하다

집과 나 사이
건너야 할 천길 낭떠러지 외나무다리 있다면

수축 팽창하는 무서움은 어느 정도나 될까

혼돈으로 질주하는 그 무게와 크기
최대 속도로
영혼의 한계를 밟고 싶다

늘 멀리 있는 진리 찾아
강물을 거스르는 희생 없다면
무엇이 고독이고 거짓인지 모를 일

가벼움조차

골목이 골목을

가을장마로 눅눅한 저녁
바삭바삭 하는 영혼
가로등 잃은 적막 가득한 그 골목을 걷는다

더없이 환했었는데
환풍기 지난 노을처럼 점점 기울어가는 골목
바람 한 줌에 외딴 생각 한 번씩 수유하며
습한 그림자 이끌고
또 다른 골목으로 가고 있다

우두커니 서 있는 녹슨 골목들
무게를 잊은 채
젖는 걸 모른 채
빗방울 사이 군무에 빠져
동행하던 점부터 면까지
기다리던 입체를 외면하고 있다

불공평하게 끓는 해장국집 출입문
그럼에도 해장국이란 해장국
꽃처럼 환하게 피어 있다

>

　분자도 다르지만 성향 정반대인 장미, 꽃과 가시
　성향이 서로 바뀐다면
　가시는 꽃이 되고 역逆도 성립할까

　골목 끝은 간이역으로 통했다
　가락국수에 단무지 곁들인 편의점의 시계들
　서로 다른 시간을 조리하고 있다

　시간은 기적으로 퍼져나가고
　내 것 아닌 줄 알면서도
　골목은 골목 이끌고
　왔던 길 되돌아가려 하고 있다

이 간단한

등잔 밑은 어두운 법이다

날씬해지는 비법 있다면
식이요법도 운동도 필요 없다면

누군가를 기다리는 것만으로 그럴 수 있다
침이 마르고 뒷골이 무거워져 앞이 캄캄해질 수 있다

오지 않는 이를 기다리는 것만으로
등이 굽고 바싹 마를 수 있다
앞뒤가 뒤바뀌고 미이라가 될 수 있다

까만 좌우 귀 닫히고
별이 빛나는 밤이 오면
꽃은 어디 가고 마른 가시만 남는가

가시도 꽃으로 보일 때
날씬해질 수 있다

비만을 원한다면

기다리지 말아야 한다
망설이지 말아야 한다
포근한 좌우나
수상한 달을 포기해야 한다

쉼을 잊고 뚜벅뚜벅

이 간단한

안개 속으로 사라지는 벽

벽에 누워 본 적 있나요
천장을 걸어 본 적 있나요

밤새 안녕 하나 안녕 둘
떨리는 침묵으로 통증을 가라앉히며
돋을 날개를 세웠어요

미처, 안녕부터 물어요
오감으로 다시, 안녕을 여쭤봐요

바람이 몰고 온 냄새려니 하고
어느 골목길 구석 한 덩이 잡념이려니 하죠
혁명인 줄 모른 채
그저 한 줄기 바람이려니 하죠
바람 탄 밥 냄새가 주린 배를 채워줄 줄 알고
주머니에 쌓인 시간만 만지작대고 있죠
그게 병인 줄 모르고
끝의 시작인 줄 모르고

무엇이든 끝까지 가 본 적 있나요

아직 없다 해도 그냥 넘어 가요
안개 속으로 고속열차 힘껏 달리는 것
평행선 있기 때문인 것 같아도
둥근 바퀴 때문이란 것 잘 알잖아요

펄럭이는 누더기도 사치인 벽에 걸린
구겨진 와이셔츠나 굽은 무릎은
같은 공간 다른 시간을 공유하는 우리들 삶의 알고리즘이죠

가끔은 물귀신 잡는 늪이고 산소 같은 질소일지라도
토닥토닥 해주고 싶은
매일 안개 속으로 사라지는 벽

나는 설거지 마치고 대기 중이고
줄은 약국 앞이에요
물컹한 그림자와 디지털시계
굳은 모니터 앞 그를 마냥 기다리고 있어요
퇴근은 이미 각자 진행 중이고
마스크 쓴 그는 기운 굽으로 어디선가
박하 향기로 오늘을 지우고 있겠죠

＞

닿지 않는 이름 위에 허연 연기 뿜어대며
허물 몇 겹 벗어 안개 속으로 사라지고 있을 거예요

어느덧 주머니는 사라지고
묻는 안녕조차 허공으로 수렴하고 있어요

다시 날개 하나 날개 둘 세어요
가는 침묵으로 통증을 가라앉히며

두물머리

여기는 갈 지之의 땅

이별을 이별하는 아이와 함께
텅 빈 하트 속에 얼굴을 묻었을 때
느닷없이 쓰다듬는 바람, 아니 안개

안개는 물의 생각
하고 싶은 말이라는데

위로는 병사의 기도 굽이치고
아래는 마리오네트 인형 춤추는
고요한 전장, 만남의 광장

온도 차 있고 낯선 금강산과 검룡소
푸른 날갯짓 보호구역 여기까지
철책 뚫고 보 넘어 어이 왔나
끼룩끼룩 떠다니는 말과 글
철렁철렁 가라앉는 시간 끌어안고
안개 헤치며 어디로 가려하나

이별과 이별하는 안개와 함께

샐러리맨

얼룩말에서 얼룩을 빼거나
자라목을 기린처럼 늘릴 수 있다면
얼룩을 좇는 것 오늘이라 해요

오늘을 먹고 사는 사람을 샐러리맨이라 하죠

주머니마다 가득 찬 하루 일과
그는 출근 전 꼭 면도를 하고
넥타이로 목을 조르죠
오늘의 각오를 새기는 것이에요

칠 할은 물려받은 수저에 달렸으니
못 먹어도 고

가지런한 흑싸리 띠와 여윈 피를 바라보며
날아간 그 한 장을 후회해도
늘 피박 광박 갈림길에 서 있는 그를 두고
전등 꺼질 줄 모르는 사무실에는
패가 계속 돌아가고 있어요
선 바뀔 때마다

국방색 담요에서
움푹 파인 자라목에서
잘리거나 언젠가는 던질 흑싸리 열 끗짜리 삶
그 냄새가 나요

자동 심장 충격기로 살았던 지난날들
하루하루를 다행이라 여기며
붉은 눈이 도사리고 있는 최전선을
관광버스 안 빈 박카스 병처럼 굴러 다녔는지 몰라요

끝은 아직 멀고멀지만
오지 않은 독박 쌓여만 가요

3부

잘린 꼬리

획을 긋는 비에 갇혔다, 우산도 없이

고양이 울음은 이미 바다다

고속 열차 역방향 좌석에 앉아 여행하다보면
뒤통수가 삼백 킬로로 가려울 때 있다
달리는 강물이 소용돌이 만들지 않아도
생각이 꼬리에 꼬리를 물 때 있다
특히 누가 그랬는지 궁금해 할 때 그렇다

누구에게나 꼬리가 있다
감추거나 잘렸을지언정 분명 있다

잘린 꼬리가 아픈 것은
남은 흔적 때문이고
감춰진 꼬리가 더 애틋한 것은
숨죽이고 있기 때문이다

고의나 실수도 아프지만
무심코는 더 아프다

\>

얼굴 없는 자의 테러
잘린 꼬리, 문콕 당해보면 안다

깨졌으면 갈면 되고 잃었으면 잊으면 그만인데
아비 어미 없이 남겨진 자식들

씻기면 씻길수록 더 티 나고
갈수록 삐뚤어져 간다

지워지지 않은 잘린 꼬리 곁
고양이 한 마리 울고 간다

모기

믿어 본 적 있나요,
살을 섞은 적 있나요, 언젠가

어둠은 믿지 마세요
한 점 조차도
너무 뜨거운 환상도

아무리 여린 그녀일지라도
냉정한 그녀는 언제나 누군가의 의미가 되려하죠

당신의 상상 이상,

즉석 만남 인스턴트 사랑하는 그녀

짝사랑하면서도
모두의 첫사랑이기를 꿈꾸죠

만난 기억조차 희미하지만
때 되면 어디선가 나타나
숨 한 번에

한 삽씩 퍼내도 마르지 않을 가려움
가려움 한 번에
얼음 한 말씩 부어도 식지 않을 미련
남기고 유유히 떠나는 그녀

비록 헤어졌지만
그녀 만난 뒤 뜨거운, 아픈 사랑을 알았죠

오늘도 어둠 속 어딘가를 배회할 그녀

어둠도 뜨거움도 믿지 않지만
차디 찬 오늘은,
어디선가 숨죽이고 있을 그녀 찾아
자유로운 저 골목길 그 끝까지 가보고 싶어요

댓글

꼬리 물기를 즐겨하는 인류
구석기 시대가 회귀했다

누구나 돌을 들고 다니며
규정된 공간 속 비정규 허공을 일군다

입과 손으로 분주히 다듬는 하나 아닌 여럿
보석은 없다

누구는 이미 던지고 누구는 아직인 그것
뭉게구름 같은데 시퍼렇게 날 서 있다

바싹 말라 바스락거리는 밤이 이어진다

오늘 밤도 젖은 눈동자가 있었다

초마다 침이 말라 간다

누군가 던진 불씨 하나가 밤새 온 세상을 덮쳤다

\>

여명을 뚫고 드러나는 불에 달궈진 꼬리들

사람들은 그 붉은 눈을 마주치려 하지 않는다

비보호 좌회전이 덜렁거리는 사거리
붉은 신호를 뚫고 노란 굉음이 꼬리를 감춘다

철기 시대로 진화하고 있다

편광렌즈

1.
햇빛에 맞서는 일
그림자가 무섭다

바람과 동행하니 발걸음도 가벼운데

생각을 내려놓으니
수십 곱절 더 즐겁다

2.
샤워를 하다 보면 확실히 알게 된다

튀기는 물방울 앞
장막 친 휴지 한 장

그가 왜 거기 있는지
더 확실히 알게 된다

＞

3.

무지개 색깔에도 순서가 있지요

아무리 급해도
그 순서 그대로지요

인형처럼 웃거나 울지 않아도

크레이프 케이크처럼 쌓여 있는 것이 집인데
돌아갈 수 없는 집

우리는 분명 길을 잃고 있어요

사이렌에 실려 가는 집
어둠 속 종횡무진 달리는 타이어
차선은 비명조차 잃고

펄럭이는 깃발처럼 중앙선 넘나드는 생각들
강물이 눈높이를 조금씩 낮출 때마다
아등바등 대며 끌려 나오는 생각

사이렌은 집에 돌아간 지 오래지만
1인 병실에 누워 방울방울 떨어지는 목숨
돌아갈 수 있어야 집이고 돌아가야 집인데
메마른 입만 낙엽처럼 쌓이는 집

아무리 자세히 보아도
그믐달은 절대 웃지 않지요

버스 정류장에 앉아 밤새 기다려도
떠난 막차는 마지막 정류장을 기억하지 않는 것처럼
노선에 매달린 수많은 정류장을 불러도 대답 없는 것처럼
현재는 지나가는 미래

반쯤 피거나 활짝 핀 꽃 꺾어
흩어진 꽃송이를 다발로 묶는 것이 생일이라지요
쌓이면 이별 되는 것이 그것인데
생일마다 촛불을 불며
풍선처럼 부풀어 오르는 박수를 치며
희고 검은 건반으로 단조를 장조로 노래하는 우리

인형처럼 웃거나 울지 않아도
분명 길을 잃고 있어요

벗겨진 신발

왜 자꾸 신발이 벗겨지지?
놀이터는 어디지?

꽃잎이 문자로 굳어지기 전
벗겨진 신발은 동사動詞였으리라
수동적 진행형이었으리라

와우 아파트 무너진 계단
대연각 호텔 절규하는 창문
날아가는 이리 역 아침
858기 풀리지 않은 낙하산
서해 훼리호 가라앉은 구명정
성수대교 투명한 상판

모두, 단지 발을 헛디딘 것일까?

삼풍백화점 먼지 버섯 기둥
IMF에 바친 금반지

이 모든 기도는 우연한 일치인가?

>

세월호의 눈동자

팬데믹 코로나 19 마스크도

모두 은유로 굳어진 지금

남은 것

팽팽한 두 현과 우거진 자유뿐일지라도

먼지 달라붙은 그림자가

발등 찍는 햇살이 의문사일지라도

수식어 하나 없이

무너진 자음 모음 추슬러 다시 어미 활용하는 그것은

미래 진행형 동사다

양념

낮잠을 깨며 슬며시 미안했다
깔고 누운, 떠받쳐준, 지나간 그림자에

늘 들러리인 양념
섞이거나 녹기 쉬운 그를
나는 굳게 믿는다

멸치로 국물 내는데
멸치 똥의 자존심이 따라 나온다

더위 식히는 데는
이글거리는 수박이 최고다
씹을 때마다
아삭아삭 하는 검은 줄 맛

배추와 김치, 무와 깍두기처럼
그 동안 잘 버무려진 삶을 살아 왔다
세일을 즐기며

세일은 예고 없이 끝났다

썰물처럼 빠져나가는 환희들

느닷없이 징검다리 건너온
필요도 이유도 없는 덩어리
딱 한 자字

동행하기로 했다, 양념처럼

수술실 앞에서

마냥 기다리고 있다
플러그 빠진 소켓처럼
잠긴 자물쇠처럼

이미 삼각형으로 굳어진 생각
사탕처럼 녹이며 시간을 빨고 있다

반복되는 간호사의 설명 외면하는 모니터
얄궂게 세월아 네월아 하고 있다

이 기다림의 긴 화폭에 딱
한 줄 긋기만 해도
그건 분명 명화가 될 것이다

잡을 지푸라기조차 없을 때 하는 것이 기도인데
여기서는 무엇이든 기도가 된다
정직하면 할수록 투명한 기도가 된다

끈적끈적한 몇 시간이 훌쩍 지나갔다

>

누군가 오래 전 손바닥에 그려준 길

기다림이 만든 명화처럼

환하게 빛나고 있다

오지 않는 이

사랑으로 기다리는
'동안'은 인내를 기른다

종로에서 오지 않는 이를 기다린 적 있다

DJ가 보내는 음악을 빈 커피 잔에 채워 마시며
설탕 묻은 스푼을 핥으며
밤까지 버틴 적 있다

빈 물잔에 넘쳐흐르는 눈치
도망치는 발들처럼 사방으로 퍼져나갔지만
미동도 없는 학보學報

기다리는 동안 삐거덕거리는 문소리
좁쌀 몇 되 쯤 모였을 즈음
메시지 하나 왔다

그것이 도착하기까지 얼마나 많은 촛농이 흘렀을까

때때로 매캐한 최루 가스가 스쳐갔지만

비는 어느 때보다 더 차가웠다

비닐우산에서 떨어지는 물방울마다
오지 못한 누군가의 눈물이었음을 알게 되었을 즈음
우리는 무서운 사랑을 시작했다

지푸라기 삼층

여기 한 번 살아 볼래?

구겨져도 헌법 11조는 말한다, 모든 사람은
법 앞에 평등하다고

재채기 한 번에 주저앉을 것만 같은
주공아파트 삼층
구르는 계단이 자명종처럼 울리면
침대 누비던 몸은 산산조각 나고
방은 빛의 차지가 된다

망사 커튼 비집고 들어오는 신세계
자전 공전하는 가파른 언덕에
삼층짜리 작은 우주가 있다
출렁이는 빛을 엮어 만든 먼지의 터전이 있다

누군가의 말이나 몸짓이거나
상대의 눈동자거나 경계일지도 모르는 그것들
안경 너머로 떨어진 변명까지
전부 바닥 향하고 있다

>

수평 수직에 사선까지 엮어
바닥에 새겨진 모자이크 문양들
어느 하나 지울 수 없는 낯선 감정처럼
대충 흔들리며 저항하는 그들

그들을 알고부터
지푸라기 삼층에 대한 애증이 시작되었다

버려진 입들

꽁초의 거리
바위들의 숲
흩어지는 연기 속
달리는 차창과 떨어지는 재 그리고 그림자들

혓바닥이 기억 한 줌 훑을 즈음
메뚜기처럼 튕겨지는 꽁초들

얼굴 없는 차창 밖 표정 없는 거리
나프탈렌과 암모니아 냄새
버려진 입들

이름 모를 발에 채이거나 밟힌 것
꺼지지 않아 뼈만 남은 것
꺾이거나 속 터진 것
입술 자국 그대로 있는 것들의 무리

혼자 아닌 집단을 이루는 습성은
깨진 사랑 이상으로 무거운 사유를 한다는 표식

\>

모난 목청과 간판들
그 거리를 홀로 지난다면
무엇을 보고 언제를 안타까워해야 할까

버린 자들의 마음
줍는 자들의 모습이 바람에 스쳐가고

이분법적 날 선 허공으로
하루의 시작과 끝을 헤아려 볼 즈음
획,
등을 밀며 지나가는 담배연기
우산이 우산을 쓰고

비는 멀었다

나이 든 만큼 비우고 숙이는데 예외인 기억
부러진 기억이 기억을 덮고 있다
미로를 세웠다

하기야 그도 그럴 것이
깨알 찾아 헤맬 때 있었다
그거라도 모아야 할 때 있었다
밧줄 묶인 나무의 질긴 향과
방목된 소들이 뜯고 지나간 질겅거리는 풀밭에서
어린 것들 위해 그리 할 수밖에 없었다
점점 식어가는 바닥에 들인 전기 매트 켜고 끄며
주름지고 하얗게 탈 수밖에 없었다

저 멀리 무지개 환하게 웃을 때
모난 돌이 정 맞는다는 것 다 알 텐데
무릅쓰고 고개 드는 정물

그를 펼치면 딴 세상이 열린다

단 여덟로 하늘 떠받치는 그 살

몇 휘거나 부러져도 굳건히 버티는 그를 알고부터
아버지의 검게 그을린 살
어머니의 잔주름을 알기 시작했다

방목의 시간

우산이 우산을 쓰고 비탈길 더듬고 있다

시 쓰기

무엇이든 처음은 희열 아니면 공포로 다가온다
입과 귀 닫혀 있을 때는 더욱더 그렇다

너무 가늘거나 굵어도
안 되고 너무 가볍거나 무거워도
안 된다

열정만큼 촘촘한 그물에 걸리는 것
펄떡이는 몇 개의 단어들
분류조차 어려워 다시 물에 던진다

그러는 동안 그물은 삭기 시작하고
걸리는 것마다 그물코와 얽히고설켜 있다

망을 접고 손잡이로 휘휘 저어 본다
걸려나오는 얽힌 타래들
몇 가닥 풀고는 다시 물에 던진다

끝인가 싶어 바닥을 훑어본다
진흙과 함께 걸려 나온 묵직한 무엇

몇 번 헹구니 보이는 쓸 만한 것들
희미한 소리와 맛이 나기 시작한다

쏟아진 별빛만큼 그물도 삭아
뚫린 구멍마다 그물코 되어 있다

마지막이라며 다시 던지니
빠져나갈 것들은 다 빠져나가고

휑한 허공에 남은 것들로
귀와 입, 그리고 눈동자까지 찍어준다

그물을 천 번째 던졌을 때의 일이다

망월지望月池의 달

욱수旭水골 구부러진 열댓 마지기 상상想像,

둑을 다지는 발걸음은 이어지고

고인돌 빠졌다는 전설 이후
그믐 괴물 괴담 이래
달에 미쳐 빠진다는 소문 속에
승천 임박 기사 터져
가뭄에도 돈에도 지워지지 않은 그 못池

물결마저 가라앉아 일그러진 바람만이 찰랑거릴 시간
어린 별 안고 업고 투신하는 어둠 있다

꼬리 잘릴 혜성 위해 날개 없는 노을 위해
아버지 어머니가 그리고 할머니 할아버지가 그랬던 것처럼
고요히 몸 던지는 그믐달 있다
반겨 맞는 번지 하나 있다

굽은 시간 속
반듯한 열댓 마지기 상상의 구워진 물결은
달빛처럼 퍼덕 퍼덕거리고 있다

달인

우연히 노옹을 만났다

세월이 고인 저수지에서
푸른 손가락으로 낚시를 하고 있었다

그가 키운 180센티미터 장찌
몸통 두 자에 더듬이만 네 자
외계인을 키우고 있었고
대낮에도 반짝이고 있었다

바늘 없는 미끼
그리고 기다림

어두운 과거를 빠져나온 그의 눈빛이 수면을 비출 때마다
검푸른 수면은 그에게 경의를 표했다

산등성이 고개를 숙일 무렵 그 자리에
노옹은 사라시꼬
달이 앉아 있었다

4부

붉은 계절

무언가 잘 모를 때면 본능처럼 먼 것을 불러오곤 한다
신앙처럼 검은 것을 찾아다닌다

다른 행성에서 왔나 아프리카에서 온 걸까

거실에 저 먼 인도인 양 붉은 비가 내린다
함박눈 자리에 검은 부스러기가 내린다

이 계절은 블록 장난감처럼 견고하지만
어느 해보다 더 물렁거리고 단내가 난다

아내는 이 계절을 닮았다

서풍이 몰고 온 뿌연 순간들
무사히 건넌 징검다리 돌 개수를 헤아려본다

붉은 벨소리 닿은 세포마다 하얗게 변하고 있다

먼지 가득한 싱글 침대엔
걱정 말라는 노래가 입에서 입으로 울려 퍼지고

시동 꺼진 자동차 의자마다
노란 라면이 끓어오른다

무지개는 책꽂이에 피어 있지만
말은 말을 몰다 붉은 잠을 부른다

무언가 잘 모를 때면 먼 것을 불러오곤 하는 것처럼
검은 것을 찾아 붙이는 것처럼

젖은 수건과 마른 사과 반쪽이
정오를 막 지났을 때

인도人道를 걸으며

길을 걸어요
물음표 ?를 던지며 느낌표 !를 밟으며
길을 건너요

차도와 인도 사이
딱 한 뼘
그 높이 그 폭으로 존재하는 우리들

삶은 일평생 우려내는 한줌 재일까요

인도로 꽁초가 걸어가요
불붙은 것도
하얀 재만 남은 것도 있어요

그 길 걸을 때마다
그곳 지난 사람들
달라붙은 과거를 떠올려요

ㄱㄴㄷ에서 가나다를 만들고 받침까지 쓰면
서서히 다가오는 모자이크 얼굴들

피하기 급급하죠

0부터 9까지 다 셀 때면
먼저 지나간 빛과 그림자가 떠올라요

차번호에 실려 가는 얼굴을
블록처럼 맞추거나 사자성어로 새기며
길을 걸어요

그전, 그리고 그 후

해질녘 동네 어귀 할머니 할아버지
누구다 할 것 없이 허리끈 동여매고
골 골 골 앓는 소리로
하굣길 응원한다

책가방 내려놓고 고무줄 하는 애들
낄낄낄거리면서 말타기 하는 애들
노느라
숙제도 잊고 별빛 물든 아이들

가지 끝 홍시 하나 돌담길 밝히다가
까치밥 공양으로 생 마감했건마는

막혔던 하굣길
다시
환하게 흘러간다

간장 종지

등잔불 하나 켜 두고 그 무릎 아래

한가운데 아니더라도

당장 아니더라도

빈자리 하나 있다면

하나 둘 비울 수 있다면

둘이나 셋 치워야 한다 하더라도

향기 없고 딱 맞지는 않을지라도

무릎 꿇고 늘 곁에 두고픈

잡초 같은 그것

그때 그 이처럼

자작나무 숲

빌딩과 빌딩 사이 바람 골에서
바람 등지고 타는 담배

꺼질 듯 말 듯 이어지는 연기

하늘 높은 구름은 하늘이 되고

빌딩 숲 머리 위를 선회하는 매
집요하게 무성하던 잎들은 빨갛게 질려버렸다

잔인한 것 어디 낙엽뿐일까

가면의 나라 혼돈의 숲
그 늪 드는 누구나 순록이 된다

폭풍 눈보라에 길은 묻히고
흩날리는 것 오직 날갯짓뿐일지라도
금 간 하늘이나 지켜보는 눈 때문은 아닌데
날숨마저 무거운 그곳

\>

낯선 동토 처음 들었을 때
어린 자작나무도 그랬을 것이다
푸르른 기억은 알록달록해지고
너울 몸짓은 놓을 수밖에 없기에
늘어가는 것 드러낼 수 없는 것뿐이었을 것이다

밤마다 다가오는 늑대 바라보며
남겨진 상처마다 골방 인형처럼 눈 박았을 것이고
타오를 그 언젠가를 층층 껍질마다 새겼을 것이다

아침마다 돌아오는 붉은 혓바닥
슬며시 나간 밤
어디까지 더듬고 오는 것일까

서퍼

그는 늘
파도를 기다린다

아등거리는 은빛 비늘 아래
오지 않는,
잡지 못할 더 크고 거친
달을 기다린다

쌓이는 눈빛
결국, 뛰어들면 바다는
드디어 파도가 된다

우뚝 선 그와 파도지만
부딪쳐 부서져 밀려와
다시 해변으로 돌아가는 서퍼

바닷가 그 무엇도 그랬으리라
한 끼 식사 그,
전과 후 다시
깊어지는 밤이지만

식지 않은 파도지만

기꺼이

그 바다로 몸 던져야만 했으리라

젖은 파도는

여전히 울기만 하고

주소의 이력

묻고는
그대로 묻었다

비 오는 밤에 울던 그 매미처럼
언제나 그럴 수밖에 없었다

불시착한 깃털과
빗나가는 까치 울음 끌어 모아
샤갈의 배경과 악보 그렸던 것
하얀 봄의 일이다

뿌연 먼지 속 헤집는 떠돌이별
관성이 노력보다 강한 그날들
짊어진 블랙홀 문패로
주소의 이력이 걸렸다

채색 금지된 거리는 여전히 찬바람 차지고
독백하는 복제된 인형들 어깨마다
검은 두께로
겨울이 피고 있다

>

흔들거리는 불빛 아래
방울방울 떨어지는 내일
어디쯤 새 주소 있을지
아직 모른다

가느다란 시간

짐승이 되는 꿈을 꾸었다
뿔은 없지만 귀가 바나나 잎만 했다
먼지바람 이는 건조지대를
맨발로 걷고 있었다
발가락은 엄지만 보였다
불 켜진 그러나 비틀린 창문들이
하늘로 날거나 모래벌판에 피었다
지친 것들은 서로를 위로하며
스르륵 스르륵 잠이 들었다
그들의 꿈은 영사기처럼
빈 하늘에 비춰지고 있었다
작은 새들의 날갯짓이 구름처럼 떠다녔고
뿌리 깊은 생각은 더 이상 자라지 않았다
비틀거리는 꿈
씹다 벽에 붙여 놓은 껌처럼
바짓단에 묻은 진흙처럼
어딘가에 찰싹 들러붙으려 했지만
오아시스는 없었다
가느다란 시간 속을 통과하는 꿈
새 책에서 잉크 냄새가 나고

모서리가 헝클어진 책에서는
먼지 푸석이고 고향 생각이 흘러나오고
시 냄새가 폴폴 나는 곳을 지났다
싱겁지만 무거운 꿈
찬바람이 흥건하게 고였을 때 깼지만
남겨진 발자국은 없었고
비릿한 냄새만 흥건했다
파편은 여전히 나를 쫓고 있었고
멈췄던 시간이 가늘게 흐르기 시작했다
내 전생은 박제된 짐승이었을지 모른다

안면도

파도는 파도를 타고 온다

감자 고구마가 주식主食이던 시절
동지섣달 언 고구마에 딴 엄지 손등은
동네 의원을 불렀고 의사선생님은
고구마 섬, 안면도 출신이었다

굴리고 굴리지 않아도 구르는 바퀴
굴리고 굴려 안면도 저녁노을에 몸을 담그면
발가락 사이로 모래알 빠져나가고
눈알 사이로 하루가 풀려나간다

밀고 당기는 해변의 콘도미니엄
여기 서서 거기 너를 본다

여기 없는 너의 시작은 아직이지만
흔들고 흔들리는 패들보드 탄 너는
여기선,
파도가 아니다

>

네가 바람이 되지 않는 동안
서쪽 언저리 이 섬은
출항을 미룰 뿐

창틀 속 풍경은
책장 넘기듯 어린 바다의 미래를 향해 떠나고
남아 있는 것들은
더없이 환한 휴가 뿐

간이역

여기는 간이역
바람조차 추억이 된

이곳을 떠도
다 잘 될 것이다
어딘가에 슬픔을 심고 가겠지만
남아 홀로 자라겠지만

슬픔을 싸기에 좋은 색 있다면

뜨면,
뜰 것이다

어디를 가도 다 잘 될 것이다
구겨지기 쉬운 것 기적 소리라면
타래로 주머니에 넣고 떠날 것이다
풀며 어디라도 갈 것이다

꽁꽁 언 다짐만 있다면
언제 떠나도 다 잘 될 것이다

>

구워진 밤은
너의 슬픔보다 더 늦게 도착할 것이므로
붉은 간이역은
더 늦게 잠들 것이므로

익명이 익명에게

월차를 연차로 돌리며 삶이 살쾡이에게 말한다
혼잣말일세, 알에서 태어난 나는 동글동글했었지
세월에, 틀에 박혀 약간 기울거나 각졌을지라도
아직은 둥글이라고 불리고 있지
그래서 자주 잊고 잃어버려
타박은 않지만 들어 그럼에도
대충 말해서 기억이란 것을 가지고 다니지 않아
그래도 마음속엔 남아 있어

무엇이 기억이고 사고인지 가물가물할 때면
당신은 그것들을 마음대로 구부리지
자신의 품으로
그럼에도 아니라고 주장하지
진실은 가슴 구석 어딘가에 꼭꼭 숨기며

돌에 비명을 쓰고 따져보기로 해
자, 여기 당신과 그림자가 쓴 증거가 있지

변명뿐인 사고의 한참 깊은 곳에 이르기까지 굽은 길이 있겠지
언젠가는 반듯했었을 지라도

\>

더없이 환한 저 앞을 보게
호박잎이 호박이 해를 닮지 않았나
뿌리까지 보여 달라면 넝쿨을 들어 보일 수 있지만
넝쿨의 근본은 대지에 있네

그 넝쿨을 만들려고 호박씨가 견뎌 온
비바람을 땡볕을 그리고 별빛을 알고는 있는가
넝쿨의 굽은 나사선을 이해나 했나
호박은 말일세
앞으로 나아가려고 무엇인가 잡으려고
놓치지 않으려고 발버둥치며
치열하게 나선으로 사고하고 기억하는 거야
반듯한 햇살을 일부러 구부리는 거야
산목숨 이어가려고
딸린 식구들 먹여 살리려고

무엇을 위해 시공을 구부리는가
언어를 꼬는가
무엇이든 들면 굽어지는 그 속
비울 수는 없겠나

배 가른 누런 호박의 새 생명들처럼

네모든 세모든 나선이든 괜찮으니
언제 어디서든 부르시게 들르시게
난 아직 둥글둥글하니
호박보다 더 둥근 호박전이나 함께 부치게

저 멀리 회오리가 일기 시작할 즈음에

말

가령 입을 벙커라 하면
말이란 것은
벙커를 탈출하는 총알이랄까
그것도 혓바닥이란 활주로를 툭, 툭 이륙하여
비문碑文 사이를 빠져나와
누군가에게 닿아야 소멸되는 것이라 할까

쏘아대는 뼈와 막는 살
둘 사이의 균형이 무너질 때
아픔이 시작된다,
걷잡을 수 없는

가끔씩 찾아오는 군더더기 없는 평온함
그 근원은 빨강 노랑 파랑 아닌
하얀 침묵에 있다

연속적인 말은 검은 실수를 품고 달린다

숨 사이를 비집고 나오는 말들
말과 말 사이의 간극은 얼마나 될까

대체로 그와 나 사이 정도일까
크게 다름은 전쟁의 서막이다

말의 생명력은 호흡에 근거한다
한참 혼자 말을 하다 보면
초원을 거침없이 달리는 말
그를 달리게 하는 채찍이 떠오른다

벙커 속 어디에 채찍이 있을까

급격히 끓어오르기도 하지만 더 급히 식을 줄 아는 말
말의 체온을 말하자면
대체로 섭씨 36.5도 부근이리라 생각하지만
때와 장소에 따라 다르다

저쪽에서 한 말이 여기까지 달려오는 동안
햄버거 하나를 다 먹었다

그의 말을 다 먹고
이어 블랙커피까지 마셨다

식어버린 그의 체온으로

벙커에서는 갇힌 말들이 웅얼대며 굴러다니고 있다
그 말들의 쓰임에 대하여는
아직 생각해 본 적 없다

유효 기간 없는 말의 씨앗들이 계속 복제되고 있다

긴장된 침묵의 시간이 길어지고 있다

숲 속 파도

내겐 졸업 앨범이 없다
신청 못한 적도 보관 못한 적도 있어
나의 퇴적층은 매우 얇다
제주를 닮았다

거친 오름 오르다 적막한 파도를 만났다
까마귀 울음처럼 집요한
그 목소리 따라 같이 올랐다

박물관이나 기념관에 가야 있을 법한 그 적막
시간에 돌돌 말리고 파랗게 녹슬었지만
한가운데 알 수 없는 무엇이 있었다

떠다니는 바다는 파도의 합집합 교집합 그리고 여집합이다
파도는 멀리서 온 손님, 성난 군중의 혀
포효하는 해안선은 그들이 보내는 메시지라 했나

허연 거품까지 물며 저승, 거친 오름 오르는 파도!

그곳엔 까맣게 탄 비석뿐

바다가 없다

쓰러지면 어깨동무하고 일어나
부딪쳐 부서지길 마다않는 파도
부서져 외면하면
숲 속에 엎드려 절규하고
구름 속 한라산 울리고 왕벚나무 꽃잎처럼 지는가

속까지 검디검게 탄 돌 끌어안고
새겨진 이름 불러대며
어른거리는 달빛처럼 웃고 있지만
그 속 끓는 바다일 그들

혼자이기에

책장을 넘기며
외발 바퀴를 타고 신호등 너머로 질주했을
누군가의 흔적을 넘긴다
문장과 문장 넘겨
콘센트에 박힌 피로를 뽑으며
넘기지 못한 오늘을 닫는다

흑백의 순간들

어제는 어제를 잊고 오늘은 오늘 잊는 사람들

저녁이면 고단한 하루를 불러
머리 등 팔 다리 부위별로 노동의 무게를 잰다

석양 때문인가 어둠 때문일까
노동이 보이지 않는다
저울 눈금이 얇다

흩날리는 거리,
검붉은 날갯짓 사이로 텅 빈 저녁이 흘러가고 있다

\>

빛의 흔적에서 돋은 가시 모아
흔들어 불을 피우고 두리번거리는 사람들
문자를 표정으로 상황을 사진으로 변환시키고 있다

혼자이기에
푸른 아침을 하얗게 오려낼 각오로
텅 빈 저녁을 끓이는 어둠 뭉치들

어제는 어제를 잊고
오늘은 오늘 잊고 있다

혼돈의 시대에 질서를 꿈꾸는 가장 강력한 언어

권   온 문학평론가

혼돈의 시대에 질서를 꿈꾸는 가장 강력한 언어

권 온 문학평론가

세계는 수년 동안 지속된 코로나-19와의 불편한 동행을 이어가며 신음하는 중이다. 러시아의 우크라이나 침공으로 촉발된 경제 분야 전반의 불확실성이 확산되고 있고, 우리나라의 경우 대통령 선거 이후 정권 이양기의 혼돈 국면에 접어들었다. 곧 2022년은 대내적으로나 대외적으로 위기감이 고조되고 있는 불안의 시대에 해당한다.

불안의 시대를 살아가는 사람들은 내면의 안정감을 회복하기를 기대한다. 음악이나 미술 또는 문학 등 다양한 예술이 제공할 수 있는 중요한 효과들 중에 독자나 관객 또는 청중의 심리적 안정감 제고가 있다. 시의 기능도 크게 다르지 않을 것으로 생각한다. 우리는 권순학의 새 시집『아무렇지도 않게, 그렇게』를 읽으며 혼돈, 불안, 위기의 시기를 슬기롭게 극복할 수 있는 방법을 깨닫게 될 것이다.

다시, 할 수 있을까?

노래는 끝났다
경연도 끝나간다

긴장의 끝은 땀이 아니라
평이다

아쉬움은 어디나 남는 법

편곡도 자유이지만
다들 너무 각졌다

장미향이 목소리에 갇혔다
대평원의 눈이 모두 녹았다
초콜릿은 진흙처럼 흘러내렸다

울림이 지나쳤나

울림이 너무 굵었나

노래는 이미 끝났다
강연도 끝났다

눈은 비가 되어 내리고
부른 노래가 시로 흩날리는 순간,

왈칵 울었다
— 「선곡은 자유이지만」 전문

　시집의 처음을 장식하는 시이다. 권순학은 "다시, 할 수 있을
까?"라는 질문을 첫 연으로 선택한다. 그의 질문은 스스로를 향
하는 동시에 이 시를 읽는 독자들을 포괄하고 더 나아가서 아직
도달하지 않은 미지未知의 세계에 온전히 열려 있다. 시인의 질
문 앞에서 우리는 각자의 대상을 생각한다. 우리에게는 멈췄던
무언가를 다시 되살려야 하는 임무가 주어진다. 그러나 그러한
임무는 어떤 의무 또는 책임으로서 사람들을 억압하지 않는다.
그것의 본질은 '자유'와 닮았다. 그가 여기에서 "선곡은 자유이
지만", "편곡도 자유이지만"이라고 진술하는 이유가 여기에 있
다. '선곡'이나 '편곡' 또는 '노래' 등의 어휘는 이 시가 음악을 지
향하고 있음을 보여준다. 시인에 따르면 '노래' 또는 '공연'의 종
료는 단순한 울음이나 슬픔으로 귀결되지 않는다. '눈'이 "비가
되어 내리"듯이 '노래'는 "시로 흩날리는 순간"으로 승화되기 때
문이다.

왜 자꾸 신발이 벗겨지지?
놀이터는 어디지?

꽃잎이 문자로 굳어지기 전
벗겨진 신발은 동사動詞였으리라
수동적 진행형이었으리라

와우 아파트 무너진 계단
대연각 호텔 절규하는 창문
날아가는 이리 역 아침
858기 풀리지 않은 낙하산
서해 훼리호 가라앉은 구명정
성수대교 투명한 상판

모두, 단지 발을 헛디딘 것일까?

삼풍백화점 먼지 버섯 기둥
IMF에 바친 금반지

이 모든 기도는 우연한 일치인가?

세월호의 눈동자
팬데믹 코로나 19 마스크도
모두 은유로 굳어진 지금
남은 섯
팽팽한 두 현과 우거진 자유뿐일지라도
먼지 달라붙은 그림자가

발등 찍는 햇살이 의문사 일지라도
수식어 하나 없이
무너진 자음 모음 추슬러 다시 어미 활용하는 그것은
미래 진행형 동사다
　　— 「벗겨진 신발」 전문

　2개의 계열이 주도하는 시이다. 하나의 계열은 언어, 문장, 표현에 집중한다. '동사動詞', '수동적 진행형', '의문사', '수식어', '자음', '모음', '어미', '미래 진행형' 등이 구체적 사례에 해당한다. 다른 하나의 계열은 사회, 역사, 사건에 주목한다. '와우 아파트', '대연각 호텔', '이리역', '858기', '서해 훼리호', '성수대교', '삼풍백화점', 'IMF', '세월호', '코로나 19' 등이 구체적인 예가 된다. 권순학은 특정한 계열에만 치우치지 않고 2개의 계열을 종합적으로 다루면서 인간 삶의 본질에 다가선다. 특히 "왜 자꾸 신발이 벗겨지지?", "놀이터는 어디지?", "모두, 단지 발을 헛디딘 것일까?", "이 모든 기도는 우연한 일치인가?" 등 4회 등장하는 그의 질문은 세상을 향한 독자들의 궁금증을 대변할 수 있다는 점에서 유의미하다.

갓 나온 시간을 담금질 뜨개질하는 얼굴아
한 모금도 안 되는 것이지만
표정을 지워 그리고 버텨,

후회를 지워

아무렇지도 않게 미리,
그리고 새로 그려 표정을

누구나 소원을 빌지
바람 속 나뭇잎처럼 환호할 그 날을

하얀 정오가 자신을 밟고 울고 있는 것처럼
예리한 후회를 버려, 그 뿌리가 무엇이든

떠나는 저 정오도
멈추거나 감추고 싶은 것이 있을 거야 분명
그 시작과 끝에 우리가 있을 것 같지만
아무렇지도 않게, 그렇게

오늘도 혼자 잠 깨어
혼자 밥 먹고 출근하여 혼자 사무실을 지키고 있어
마치 외딴 고시원 구석방 원생처럼

보통 사람들에게 산다는 것은
버티는 거야

갓 나온 시간을 담금실 뜨게질하는 억굴아
어디선가 치고 있는 회오리
후회부터 할까

기도를 할까 무엇을 할까 생각해 봐

가엾은 기도 외에는 미리 버려
그리고 야만적 후회도

그렇다고 끈 떨어진 슬리퍼나
짝 잃은 신발은 되지 말아

막다른 골목에 닿은 바람처럼
무지갯빛 끈도 놓을 줄 알아

그럼에도 아무렇지도 않게, 그렇게
— 「아무렇지도 않게, 그렇게」 전문

이 시는 어떤 '얼굴'을 다룬다. 모든 얼굴에는 다양한 '표정'이 있다. 얼굴은 "소원을 빌"기도 하고 "기도를" 하기도 한다. 인간의 얼굴은 '시간'의 굴레를 벗어날 수 없다. 우리가 반복적으로 '후회'를 하고 때로는 '혼자'라는 생각에 사로잡히게 되는 이유도 시간의 흐름과 무관하지 않다. 권순학은 독자들에게 과거의 표정을 지우고 버틸 것을 주문한다. 그에 의하면 사람들은 새로운 표정을 그려야 한다. 시인은 또한 후회를 지우거나 버릴 것을 제안한다. 지나간 과거의 아쉬움에 매몰되지 말고 눈앞의 현재를 붙잡으라는 메시지는 7연에서 "보통 사람들에게 산다는 것은/ 버티는 거야"라는 진술로 구체화한다. 권순학에 따르면 삶은 그

저 버티고 견디며 인내하는 과정이다. 그것은 "아무렇지도 않게, 그렇게" 흘러갈 뿐이다.

새가 보이지 않는다
울음이 사라졌다
참새도 비둘기도 까치 까마귀까지
모두 사라졌다

이제 아침은 자명종 몫이고
새 울음소리는 추억이 되었다

도시는 나무를 버렸다
나뭇잎과 가지 사이사이를 차지한
새를 버렸다
울음을 버렸다

들어선 것은
밤새 꺼지지 않는 붉은 태양들

새에겐 허용된 공간이 허공뿐
그곳을 찾아 새들은 떠났다

울음도 떠났다
가끔씩 화석 같은 메아리만 들린다

긴급회의가 이루어졌다
동물원에 새를 모시고 오고
박물관에 박제를 모셔 두었다
그리고 검은 스피커도 숨겨 두었다

사라진 새들은 그리고 울음은
다시 돌아올 수 있을까

신문과 방송은 난리 법석이지만
떠난 새는 깜깜 무소식이다

빈 칸에는
정중동 로또 당첨번호만 남아 있다
— 「울음이 사라졌다」 전문

　'부재不在' 또는 '없음'에 집중하는 시이다. 눈 밝은 독자라면 "사라졌다", "보이지 않는다", "추억이 되었다", "버렸다", "허공뿐", "떠났다", "화석 같은", "깜깜 무소식이다" 등에 유의할 일이다. 시인이 지금, 여기에서 주목하는 대상들은 '새', '나무' 등이다. '도시'에서 찾기 힘든 새와 나무는 자연을 대표한다. 권순학은 '자명종', '붉은 태양들', '로또 당첨번호' 등이 지배하는 도시에서의 삶을 비판하고 새와 나무가 상징하는 자연을 지향한다. 그의 자연 지향은 부재의 속성을 담은 어휘의 집적으로 극대

화된다. 동일하거나 유사한 의미의 단어를 한데 모아서 반복함으로써 시인은 언어의 힘을 확산하고 읽는 이들에게서 설득력을 얻는다.

　권순학은 「시 쓰기」에서 '시'를 구성하는 '단어들'에 주목하였다. 그에 따르면 시 쓰기의 '처음'은 '희열'과 '공포' 사이에서 진동한다. 시인은 인간의 삶이 기쁨과 슬픔, 즐거움과 괴로움 등 대조적인 상황들 사이에서 지속적으로 움직이고 있음을 보여주었다. 그의 제언처럼 공포, 슬픔, 괴로움을 줄이고 희열, 기쁨, 즐거움을 늘릴 수 있다면 우리들의 인생은 조금 더 행복에 근접할 수 있을 것이다.

그림을 그리고
작곡을 하며
시를 쓴다

그림에 보이는
저기 저 비어 있는 허공

찬바람 날고 얇은 그림자 내려앉는
플라타너스 머릿속이 복잡하다

여름엔 초록 울음으로
가을엔 붉은 기다림으로 북적대던 그곳
이젠 하얀 고요 차지다

찾아온 손님 흔쾌히 맞아 내준 그곳
빨간 실금 하나 깃털 둘 쌓아
빛과 바람 통로 내고
대문인지 창문인지 내어 열어둔 저 집

꽃 피는 봄 내내 온기 품어 두던 그 집
언젠가 다시 허공으로 돌아갈 줄 알았을까

재잘대는 소리 집안 가득 찰 때까지
펄럭이는 그림자 부러진 햇살로 연명하던 식구들

울음소리에 날개 돋자
날기부터 연습했을 몇 줌 허공들

웃음도 울음도 잃어
다시 넓어 고요한 저기 저 빈집
　　　　　—「저기 저 빈집」 전문

　권순학은 집에 주목한다. 그가 이 시에서 집중하는 집은 '그
곳', '저 집', '그 집', '저기 저 빈집' 등으로 변주되면서 등장한다.
동일한 대상이 다양한 표현으로서 반복된다는 것은 시인의 각별
한 관심을 입증한다. 권순학이 주목하는 대상인 집은 비어있는
공간일 수도 있고 충만한 공간일 수도 있다. 그 집은 현재 '빈집'

으로서 '허공'의 공간인지도 모른다. '식구들'의 "재잘대는 소리"가 사라진, "웃음도 울음도 잃어"버린 곳, "이젠 하얀 고요 차지"의 장소가 여기에 있다. 그것은 겨울의 공간이다. 하지만 그 집에는 한때 '봄'의 온기와 '여름'의 초록 울음과 '가을'의 붉은 기다림이 있었다. 그곳에서 가족은 웃고 울었고 "그림을 그리고/ 작곡을 하며/ 시를 쓴" 적이 있을지도 모른다. 이 작품은 미술과 음악과 시를 포괄하는 예술로서의 면모를 보여준다. 또한 비어있음과 충만함을, 없음과 있음을 동시에 아우른다.

　시인은 「인형처럼 웃거나 울지 않아도」에서 삶의 허무 또는 인생무상을 감각적으로 표현한다. 그는 "분명 길을 잃고 있어요"라는 진술을 반복하면서 삶의 성격을 규정한다. 사람들은 '생일'에 "반쯤 피거나 활짝 핀 꽃 꺾어/ 흩어진 꽃송이를 다발로 묶는데" 놀랍게도 생일의 축적은 '이별'을 초래한다. 시인은 가장 기쁘고 즐거우며 행복한 순간으로서의 생일을 슬픔과 두려움과 아픔으로서의 이별과 동일시하는데 그것은 어쩌면 아픈 진실일 수 있다.

　　잊을만하면 피는 것이 꽃이다

　　한 송이 꽃은 한 덩이 슬픔,

　　한 덩이 슬픔은 하나의 블랙홀,

　　하나의 블랙홀은 하나의 꽃씨

슬픔이 무엇인지 알려거든
가깝고도 먼 꽃밭으로 가면 된다

어둠이나 그림자 내려앉은 그곳
일부러 찾아가 얼굴 도장부터 찍으면 된다

만나는 무슨 꽃이든
만지거나 꺾지는 마라

흘러나오고 퍼져나가는 향기
꽃이 슬픔이기 때문인 것처럼
빨주노초파남보로 활활 타다
한 겹 두 겹 또는 송이송이 지는 것 역시
슬픔이 꽃이기 때문이다

피지 못할 슬픔이 꽃씨다

언젠가 뿌려질 씨앗
그러다 돌아올 눈물이다

내 슬픔이
네가 뿌린 꽃씨에서 오고 가는 것처럼
—「꽃」 전문

시인에게는 자신만의 관점에서 특정한 대상을 규정할 수 있는 힘이 필요하다. 권순학은 여기에서 '슬픔'을 '꽃'으로 규정한다. 물론 슬픔을 꽃으로 바라보는 그의 시선에 동의하는 이도 있을 것이고 동의하지 않는 이도 있을 것이다. 곧 누군가에게는 꽃이 즐거움이 되거나 기쁨이 될 수 있다. 슬픔을 꽃으로 규정하거나 인식하는 행위 자체는 절대적으로 옳은 것도 아니고 절대적으로 틀린 것도 아니다. 독자들은 다만 시인의 그와 같은 규정이나 인식이 어떠한 시적 효과를 자아내고 우리들 삶에 의미 있는 영향을 줄 수 있는지 궁금할 뿐이다.

권순학에 의하면 '한 송이 꽃'은 '한 덩이 슬픔'이고, '꽃씨'는 '피지 못한 슬픔'이다. 꽃씨가 꽃이 되는 과정은 슬픔이 태어나서 영글어 가는 것과 닮았다. 마음이나 느낌, 심리나 정신 상태에 해당하는 슬픔을 이해하는 일은 쉽지 않다. 그것은 가시적이거나 감각적인 대상이 아니기 때문이다. 꽃씨나 꽃으로 치환하는 순간 아련하거나 어렴풋하던 대상으로서의 슬픔은 구체적인 대상으로서 다시 태어난다. 그런 점에서 그가 제안하는 이 시의 5연 또는 "슬픔이 무엇인지 알려거든/ 가깝고도 먼 꽃밭으로 가면 된다"라는 진술은 대단히 아름답고 의미심장하다. 우리에게는 이제 꽃씨, 꽃, 꽃밭을 보면서 슬픔이나 '눈물'을 생각할 수 있는 자유가 생겼다.

획을 긋는 비에 갇혔다, 우산로 없이

고양이 울음은 이미 바다다

고속 열차 역방향 좌석에 앉아 여행하다보면
뒤통수가 삼백 킬로로 가려울 때 있다
달리는 강물이 소용돌이 만들지 않아도
생각이 꼬리에 꼬리를 물 때 있다
특히 누가 그랬는지 궁금해 할 때 그렇다

누구에게나 꼬리가 있다
감추거나 잘렸을지언정 분명 있다

잘린 꼬리가 아픈 것은
남은 흔적 때문이고
감춰진 꼬리가 더 애틋한 것은
숨죽이고 있기 때문이다

고의나 실수도 아프지만
무심코는 더 아프다

얼굴 없는 자의 테러
잘린 꼬리, 문콕 당해보면 안다

깨졌으면 갈면 되고 잃었으면 잊으면 그만인데
아비 어미 없이 남겨진 자식들

씻기면 씻길수록 더 티 나고

갈수록 삐뚤어져 간다

지워지지 않은 잘린 꼬리 곁

고양이 한 마리 울고 간다

— 「잘린 꼬리」 전문

이 시를 읽는다는 것은 복합적인 요소가 담긴 추리 소설을 읽는 일과 크게 다르지 않을 수 있다. '잘린 꼬리'라는 작품 제목은 독자들의 호기심을 한층 고양한다. 꼬리에 주목하면서 고양이와의 관련성을 찾아볼 수도 있으나 그것이 이 시의 핵심과 맞닿아 있지는 않다. 독자들로서는 오히려 3연에 집중하는 게 나을지도 모르겠다. 그곳에는 시인의 삶이 녹아있기 때문이다. 그는 '고속 열차 역방향 좌석에'서의 '여행'에서, '뒤통수가' 가려운 '삼백 킬로'의 속도에서 '생각'한다. "꼬리에 꼬리를" 무는 생각은 행위 주체로서의 '누가'에 집중한다. 그러니까 이 시는 누가 또는 '누구' 등으로 대표되는 사람에 집중한다.

권순학에 따르면 누군가의 '잘린 꼬리'는 아픔과 연결되고 누군가의 '감춰진 꼬리'는 애틋함으로 이동한다. 잘린 꼬리나 감춰진 꼬리의 배경에는 '고의'나 '실수' 또는 '무심코' 등의 이유가 따라붙는다. 시인이 형상화하는 '얼굴 없는 자의 테러'는 현대사회의 대인관계를 보여준다. 우리는 "우산도 없이", '비' 오는 거리로 나서야 한다. 그것은 지워지지 않는 울음이자 바다이다. 삶은 근원적으로 벗어날 수 없는 우연偶然의 고해苦海이다.

권순학의 시집을 검토하였다. 이번 시집 『아무렇지도 않게, 그렇게』에서 시인의 지향성을 보여주는 대표적인 키워드에는 질문, 자연, 시, 삶 등이 있다. 독일의 수학자 게오르크 칸토어 Georg Cantor는 "올바른 질문을 하는 것은 대답하는 것보다 어렵다To ask the right question is harder than to answer it."라고 규정하였다. 권순학은 「선곡은 자유이지만」, 「벗겨진 신발」 등의 시를 통하여 올바른 질문을 던지는 자로서의 시인의 면모를 개성적으로 제시하였다.

아인슈타인Albert Einstein은 "자연을 깊이 들여다보면, 당신은 모든 것을 더 잘 이해할 수 있을 것이다Look deep into nature, and then you will understand everything better."라고 이야기하였다. 권순학은 「울음이 사라졌다」에서 새와 나무가 상징하는 자연을 적극적으로 지향함으로써 더 잘 이해하는 자로서의 시인의 모습을 구현하였다.

미국의 시인 리타 도브Rita Dove에 의하면 "시는 최고로 증류되고 가장 강력한 언어이다Poetry is language at its most distilled and most powerful." 권순학은 「무거움에 대하여」에서 '마침표(.)', '쉼표(,)', '물음표(?)', '느낌표(!)' 등을 소환하였다. 시인은 다양한 기호들에서 '잘못된 기호의 무게와 크기' 또는 '혼돈과 흐트러진 질서의 무게 관계'를 파악하였다. "잘못된 기호는 혼돈을 만든다"라는 그의 진술은 최고로 증류되고 가장 강력한 언어로서의 시를 향한 시인의 의지를 보여준다.

미국의 시인 헨리 데이비드 소로Henry David Thoreau는 "당신이 꿈꾸던 삶을 살아라Live the life you've dreamed."라고 제안하였다. 독자들은 권순학의 시 「벗겨진 신발」, 「아무렇지도 않게, 그렇게」 등을 읽으며 현재의 삶을 성찰하고 각자가 꿈꾸는 미래를 예감할 수 있을 것이다. 혼돈을 벗어나 질서를 지향하려는 그의 열정이 앞으로도 지속되기를 기대한다.

권순학 시집

아무렇지도 않게, 그렇게

발   행 2022년 5월 10일
지 은 이 권순학
펴 낸 이 반송림
편집디자인 김지호
펴 낸 곳 도서출판 지혜 · 계간시전문지 애지
기획위원 반경환 이형권
주   소 34624 대전광역시 동구 태전로 57, 2층 도서출판 지혜 (삼성동)
전   화 042-625-1140
팩   스 042-627-1140
전자우편 ejisarang@hanmail.net
애지카페 cafe.daum.net/ejiliterature

ISBN : 979-11-5728-471-9 03810
값 11,000원

권순학

권순학 시인은 대전에서 태어나 서울대학교 제어계측공학과 및 동 대학원을 졸업하고 일본 동경공업대학에서 시스템과학 전공으로 박사학위를 취득하였다. 2012년 『시와시학』으로 등단하였으며, 시집으로 『바탕화면』, 『오래된 오늘』, 『너의 안녕부터 묻는다』, 『아무렇지도 않게, 그렇게』와 저서로 『수치해석기초』가 있다. 현재 영남대학교 기계IT대학 전기공학과 교수로 재직하고 있다.

권순학 시인의 네 번째 시집인 『아무렇지도 않게, 그렇게』는 자연이 파괴되고 인간과 인간의 관계가 무너진 현대사회에서 꿈과 희망 없이 살아가는 실존적 고뇌가 가장 처절하고 쓸쓸하게 배어 있다고 할 수가 있다. 꿈과 희망도 버려야 하고, 야만적인 후회도 버려야 하고, 혼자 잠 자고, 혼자 밥 먹고, 혼자 출근하며, '아무렇지도 않게, 그렇게' 살아가야만 한다. 인간의 사회적 토대가 다 무너진 25시, 어떤 구원의 손길도 올 수 없는 25시, 권순학 시인은 이 25시를 '아무렇지도 않게, 그렇게' 견디며, 하늘기둥을 떠받치고 있는 서정시를 쓰고 있는 것인지도 모른다.

이메일 :knowkwon@gmail.com